# 한국 희곡 명작선 119

없시요

한국 희곡 명작선 119

# 없시요

강제권

평민사

# 강제권

## 없시요

**등장인물**

오영욱 – 50대. 재일교포 남자
이효민 – 10대. 한국 여고생
장은철 – 20대. 북한군 하사
주세호 – 20대. 북한군 하전사

**때**

2019년 9월 어느 때

**곳**

중국 단동대교(압록강대교) 위와 아무도 모르는 북한 땅 어느 곳에서

# 제1장. 단동(압록강)대교 위

세 명의 사람이 각기 다른 이유로 압록강대교 다리 위에 서 있다.
선글라스를 낀 여행객 차림에 백팩을 메고 있는 노신사.
헤드폰을 낀 화려한 하와이안 차림의 소녀.
그리고 저 멀리 북한 경계지점에 서 있는 인민군 병사.
소녀, 강 위로 돌을 하나 떨어뜨린다.

**효민**    (강에 생긴 수면파를 보며 헤드폰을 벗는다) 뭐야 이게… 하와이
간다 뻥쳐놓고 중국에 납치해 와? 그것도 북경, 상해도 아
니고 구리게 단동이 뭐야 단동이!

전화가 울리자 헤드폰을 빼서 목에 걸고, 전화를 받는다.

**효민**    아 왜! 그냥 바람 쐬러 앞에 나왔어. 됐어~ 걱정 안 해도
되거든? 여기 사람들 무지 많거든? 엄마 모해? 아직도? 여
행까지 와서 울긴 왜 울어. (난간에 기대서 강을 보며) 내 걱정
말고 엄마나 잘 달래줘. 알았다니까. 잔소리 그만해. 금방
들어갈게.

효민, 전화를 끊고, 강을 쳐다보다가 스마트폰으로 강을 배경으로

셀카를 찍는다.

영욱, 선글라스를 벗고 가방에서 병을 조심스레 꺼낸다.

**영욱**  아보지! 아레가 고향땅입니다! 드디어 고향땅에 왔스므니다! 또난 지 이시브 년 만에 드디어 고향땅에 왔스므니다.

길게 기지개를 펴는 은철.

**은철**  아 씨 배고프다. 이 동무 이거 교대시간 되았는데 왜 안 와?

다리 위 난간. 효민은 셀카를 찍으러 가까이 다가서고, 영욱은 병을 높이 들어 절을 하고, 은철은 총을 옆에 차고 소변을 본다. 이때 바람이 불어 폰과 병과 총이 다리 밑으로 떨어져버리고 그들 모두 그것들을 잡으려다 다리 아래로 떨어져 버린다.

**다같이**  어어어~ 으악~~~!!!!

# 제2장. 조용한 강변

얼마의 시간이 지난 후, 이들 모두 한자리에 쓰러져있다.
죽은 듯이 정지해 있는 그들. 한참 후 꿈틀거리며 서서히 일어나
기 시작한다. 혼자가 아님을 알게 되자 화들짝 놀란다.

**은철**   뉘기야?

**효민**   누… 누구야!

**영욱**   다레!

주변을 두리번거리다가 근처에 있는 물건들을 집는다. 효민, 정욱
의 병을 잡고, 영욱, 은철의 총을 잡고, 은철, 효민의 폰을 잡는다.
긴장하는 사람들. 한참을 그렇게 경계하다 은철이 그 적막을 깨며
말을 꺼낸다.

**은철**   (효민의 폰을 폰카처럼 들고 경계하며) 당신들 누구야? 아… (고통
        스러워한다)

**영욱**   (일본말) 다레? (누구야?)

**효민**   아 씨… 뭐야 이 상황은?

**은철**   (여전히 고통스럽지만 영욱에게 손을 내밀며) 내 총 내놔. 빨리!

**영욱**   (일본말, 총을 조심스럽게 뒤로 감추며) 난데 쥬우오? (왜 총을?)

| 은철 | 너희들 죽자고 여기 왔어? |
|---|---|
| 효민 | 말투가 왜 이래? |
| 영욱 | (일본말) 나제 군~보쿠오? (왜 군복을?) |
| 효민 | 뭐야 이 일본사람은…? |
| 은철 | 당신들… 간첩이야? |
| 효민 | (폰을 들고 있는 은철을 보며) 그거 내 폰! 내 폰 줘! |
| 은철 | (폰으로 위협하며) 가까이 오지 말라! |
| 영욱 | (일본말) (병을 들고 있는 효민을 보며) 오이~ 끼미! 소노빙 까시 테고랑! 하야쿠! 코와레타라, 다메! (이봐~ 학생! 그 병… 이리 줘! 얼른! 깨지면 안 돼) 하야쿠, 다메, 다메, 하야쿠! |
| 효민 | 다가오지 마 오지 마! |
| 은철 | 내 총 달라! 당신들 지금 공화국의 전사를 위협하는 거야! 말로 할 때 내놔. |
| 영욱 | 공화국 존사? |
| 효민 | 뭐야? 한국말 하잖아? |
| 영욱 | 당신 공화국에 존사라고? |
| 효민 | 공화국 전사는 또 뭐야? |
| 영욱 | 공화국 존사가 요기 왜 있오? |
| 은철 | 당신들이야말로 여기엔 왜 있는 거야? |
| 효민 | 뭐야! 공화국 전사가?? (병으로 위협한다) |
| 영욱 | 오이오이 다매! 그러지 말고 학생, 침착해. 나 나쁜 사람 아니니까 먼저 나한테 그 병을 돌려줘! |
| 효민 | (병을 높이 들고) 미쳤어? 병 돌려주면 어떻게 할지 모르는데? |

**은철**   뭣들 하는 거야? 빨리 내 총 달라!

**효민**   (은철을 보며) 빨리 내 폰 돌려줘!

별안간 카톡이 정신없이 울린다. 꼰대 꼰대 꼰대.

**은철**   (놀라며) 으악! 이게 모야?

은철, 폰을 던진다. 배터리가 분리되어 떨어지고 때맞춰 톡소리가
멈춘다.
분리되어 떨어진 폰을 냉큼 집는 은철.

**효민**   내 폰~~~~!!!!!

**은철**   (폰을 보여주며) 내래 이리 칼 줄 알았어. 이거 간첩신호지?

**효민**   이! 이 또라이! 내 폰을 박살냈어!

**은철**   이 간첩 애미나이가?

**효민**   (은철에게 삿대질하며) 야 이 무식한 놈아!

**은철**   지옥 갈려고 환장했구만?

**영욱**   오이! 그 폰을 학생에게 돌려줘.

**은철**   싫다.

**효민**   돌려줘!

**은철**   내가 미쳤니? 이걸 주면 날 어찌할지 알고!

**영욱**   전화기로 뭘 오찌 한다고.

**은철**   펑이라고 했잖아?

**영욱**   펑 아니고 폰! 폰이 조선말로 전화기야.

**효민**   조선말?

**은철**   기카먼 아까 꼰대꼰대꼰대 이건 무슨 소리야? 간첩들 접선암호 아냐?

**영욱**   꼰대란 카또끄 음향인데 까또끄란 폰을 가지고 있는 사람들끼리 문자로 대화하는 곤데, 까까우또-끄라고 하지. 얼굴을 보면서 이야기하는 것은 훼이스또-끄라고 하고, 일본에선 라이-느라는 어플이 또 있는데… (주절주절)

**효민**   급한 상황에 진지하게 설명하지 마!

**은철**   (영욱과 효민을 번갈아 보며) 그러니께니 당신들 지금 모략을 꾸미는 거 아니야?

**효민**   아이씨 그런 거 없다고!

**은철**   후라이 까지 말라. 분명 모략이야.

**효민**   그냥 폰이라고 폰! 그리고 모략이라면 나보다 (영욱을 가리키며) 여기 이 사람이 더 수상한 거 아냐?

**영욱**   수상하다니? 내가 뭘?

**효민**   (병을 보여주며) 여기 병에 있는 하얀 가루는 뭔데?

**영욱**   알 것 없다.


영욱, 병을 달라고 하자 효민 병을 뒤로 숨긴다.


**효민**   (하얀 가루를 보며) 이거 혹시 마약… 아냐?

**영욱**   마약은 무슨! 아니다.

| | |
|---|---|
| **효민** | 아저씨 혹시 마약 공급책이야? |
| **영욱** | (어이없다는 듯이) 마약 공급책이라니! |
| **은철** | 마약! 이 자본주의 악질 반동새끼! |
| **영욱** | 아니야. 난 그냥 일본에서 온 관광객이야. |
| **은철** | 후라이 까지 말라! 일본 관광객이 어찌 조선말이 이리 유창해? |
| **영욱** | (당황하며) 조총련이라구. |
| **효민** | 아저씨 조총련이야? 그럼 북한사람이야? |
| **은철** | 북한사람? 이 애미나이 너래 오디서 왔어? |
| **효민** | 엄마~! 어 그래~ 말투가 이상하다 했더니 그쪽도 북한사람이야? |
| **은철** | 공화국이다! 네래 오디서 왔어? 말해보라. |
| **효민** | 알아서 뭐하려고? |
| **은철** | 말해라 |
| **효민** | 알 거 없거든? |
| **은철** | (폰을 던지려 하며) 기카믄 이거 줄 수 없지. |
| **효민** | 응암동! 은평구 응암동! |
| **은철** | 응… 암동? 고기가 어디야? |
| **효민** | 거봐 말해도 모를 거면서. |
| **은철** | 다시 한번 말해보라. |
| **효민** | 은평구 응.암.동. |
| **영욱** | 서울사람이네. |
| **은철** | (은철을 보며) 서울? 남조선 서울말이야? |

| | |
|---|---|
| **영욱** | 기래 남조선 서울. |
| **은철** | (효민에게 다가가며) 남조선 사람이 왜 공화국에 왔어? |
| **효민** | (벌떡 일어서서) 공화국은 무슨! 단동에 관광왔는데… 아 씨 ~ 빨리 폰 돌려줘! |
| **은철** | (폰을 높게 들며) 수작 부리지 말라! (영욱에게) 너나 내 총 돌려줘! |
| **영욱** | (총을 뒤로 숨기며) 안 돼! (효민에게) 학생 병 돌려줘 제발. 소중한 거야! |
| **효민** | 거봐 마약 맞지. |
| **영욱** | 마약 아니야! |
| **은철** | (손가락으로 영욱을 가리키며) 인민의 혁명의식을 갉아먹는 반동 놈의 새끼! |
| **영욱** | 마약 아니라니까? |
| **효민** | (병을 들고 가리키며) 그럼 뭔데? 응? (사이) 뭔데? |
| **영욱** | 그건… |
| **은철** | 그거 보라! 말 못하는 거. |
| **영욱** | 글쎄 고건… |
| **효민** | 속이려고 하지 마. |
| **은철** | 어디 조국의 초병을 속이려고 감히! |
| **영욱** | 돌아가신 내 아보지의 유골분이다. |
| **효민** | 유골분? 그게 뭐야? |
| **영욱** | 유골분을 몰라? |
| **효민** | 그게 뭔데? |

| | |
|---|---|
| **영욱** | 화장장 알지? 거기서 화장하고 나오는 뼛가루를 다시 빻으면 바로 이 유골분이 되는 거야. |
| **효민** | (병을 보며) 이게 유골분이라고? 레알? |
| **영욱** | 기래. |
| **효민** | 구라치지 마. |
| **영욱** | 맞다. |
| **효민** | 그런 걸 들고 다니는 사람이 어디있어? 뻥이지? |
| **영욱** | DNA 곰사하면 다 나온다. |
| **효민** | 뿡치시네. 여기서 그걸 어떻게 증명해!? |
| **영욱** | (병을 가만히 쳐다보며) 못 믿으면 어쩔 수 없지… 아보지… 불효자는 웁니다. |
| **은철** | (영욱에게 다가가며) 총 달라. |
| **영욱** | (다시 경계하며) 안 돼! (사이) 아보지… 고메나사이… 아보지~~!!! (절규한다) |
| **효민** | (조심스럽게 내려놓는다) 아니… 이걸 왜 가지고 다녀! |
| **영욱** | 아보지 고향 땅이 보이는 압록강에 뿌려드리려고 가지고 왔지. |
| **효민** | 그럼 상자에 넣어 올 일이지 왜 이런 귀여운 병에… |
| **영욱** | 아보지가 가장 좋아하는 물병이었으니까. |

이때, 갑자기 어딘가에서 이상한 소리가 난다. 모두 다시 긴장하고 서로를 경계한다.

영욱    (무심결에 총을 잡으며) 무슨 소리야?

은철    뭐야?

효민    왜 자꾸 놀라게 해!

은철    (영욱과 효민을 노려보며) 폭탄 아니야?


다시 한번 소리가 난다. 소리의 근원지는 은철의 배. 꼬로록
꼬로록 한번 더. 또 한번 더.


효민    그쪽한테서 나는 소리네. (걸터앉는다)

영욱    배고픈가?

은철    밥시간 많이 지나서… 총 빨리 달라구요. 내래 초소로 빨
        리 가야한단 말이야요.


다시 한번 소리가 난다. 효민과 영욱, 은철을 쳐다본다.


영욱    오쪼나, 나한테는 먹을 게 없는데.

은철    먹을 거? 누굴 거지로 보나? 내래 배 안 고파요. 점심을 좀
        소박하게 먹어서 그렇지.

영욱    자넨 식욕이 왕성할 때 아닌가? 한창때인 군인은 먹고 돌
        아서면 금방 배가 꺼지거든.

효민    먹을 거 나한테 있지. 근데 내 폰 고장 낸 재수 없는 그쪽
        한테는 주고 싶지 않아.

은철    (효민에게 다가가려하며) 뭐라구? 재수 없어? 이 애미나이 혼

날라 기래?

**영욱**  오이오이~ 고 학생한테 함부로 하지 마. 총 나한테 있어!

**효민**  지금 나 걱정해주는 거야?

**영욱**  딸 같아서 기래.

**효민**  음… 암튼 고마워.

**영욱**  고맙긴.

**은철**  그거 없시오.

**영욱**  응? 없다니? 뭐가?

**은철**  (주저앉으며) 없단 말임다.

**영욱**  뭐가 없단 말인가?

**은철**  공갈 총이란 말임다. 총알 없는 총 가져서 뭐 하갔시요?

**영욱**  뭐라고?

**은철**  부대서 사고 몇 번 쳤더니만 총알은 빼고 빈총으로 근무 보내지 않갔습니까?

**영욱**  정말인가?

**은철**  후라이 까서 뭐함까?

**효민**  그럼 왜 덤비지 않았는데?

**은철**  다리도 다치고 솔직히 배떼기 고파서 힘도 없다.

**효민**  아 뭐야 정말. 폰 줘.

**은철**  우리 이레케 된 김에 휴전하는 게 어떠슴까? 서로의 물건도 돌려주고.

**효민**  (벌떡 일어나) 그쪽을 어떻게 믿어?

**은철**  (폰을 보여주며) 이거 필요없어?

**효민**   아저씨, 저 아저씨 믿을 수 있어?

**영욱**   어쩔 수 있나. 지금은 서로 믿어야 할 수밖에

**은철**   기카믄 셋을 세고 원래 주인에게 돌려주자우. 자 하나 (사이) 두리 (사이)

영욱, 움직이려 하니 은철이 제지한다. 손가락으로 지켜보고 있다. 표시한다.

**은철**   하나, 두리,

**효민**   아 뭐해! 하나 둘 셋!

효민이 움직이면서 은철을 넘어뜨린다. 효민, 폰을 가진다. 영욱, 병울 가진다. 은철 마지막으로 총을 가진다. 효민, 폰을 켜보지만 전화가 되지 않는다.

**효민**   아 짜증! 정말 고장났어! 아… 아니다. 충전해야겠다.

효민, 보조배터리를 꺼내 충전을 시작한다.

**은철**   (효민에게 총을 들며) 꼼짝말라! 지금 뭐하는 거야?

**효민**   (손을 들며) 아 깜짝이야. 뭐야?

**영욱**   지금 뭐하나?

**은철**   애미나이 지금 무슨 수작이야?

| 효민 | 무슨 수작? (손에 들고 있는 보조배터리를 보여주며) 이거? |
|---|---|
| 은철 | (경계하며) 그건 또 뭐야? |
| 효민 | 이… 이거? 이거 몰라? |
| 은철 | 그… 그거 폭탄이지? (총으로 위협하며) 꼼짝말라! 쏴버리 갔어! |
| 효민 | (손가락으로 총을 가리키며) 총알 없다매? |
| 은철 | 미쳤어? 총알 없는 총이 어디 있어? 공화국의 전사는 빈 총을 들지 않아. |
| 효민 | 아 짜증! |
| 은철 | 손 들라! (영욱에게도) 그쪽도 손 들라! |
| 영욱 | (침착하게 손을 들며) 이거 휴전협정 위반이야 |
| 은철 | 너희들이 공화국에 넘어온 것 자체가 중대범죄야. |

효민 갑자기 웃는다.

| 은철 | (효민을 향해 총을 들며) 애미나이 미쳤나? 왜 웃어? |
|---|---|
| 효민 | (손을 내리며) 내 이럴 줄 알았어. 아 아쉽게도 걸렸네. |
| 은철 | (경계하며) 뭐야? |
| 효민 | 내가 누군지 모르지? |
| 은철 | 네레 누군데? |
| 효민 | 맞아. (보조 배터리를 높이 들고) 이거 자폭폭탄이야. 아저씨 총 내려놔. |
| 은철 | 그러면 그렇겠지… |

| 효민 | 불 왔다갔다 하면서 반짝이는 거 보이지? 이건 신형 폭탄 이야! |
|------|------|
| 은철 | 이 남조선 간첩 애미나이! |
| 효민 | 총 내려놔! 안 그럼 나 버튼 누른다! 그럼 우린 다 죽어! |
| 은철 | 누르면 안 돼! |
| 영욱 | 오이오이! 총 내려놓게. 아님 우리 저 빠끄단(폭탄)에 다 죽을 거야. |
| 은철 | (한참을 생각한 후) 알갔시오. (총을 내려놓는다) |
| 효민 | 아저씨 뭐 묶을 거 없어? |
| 영욱 | 묶을 거? |
| 효민 | 손이든 발이든 묶어봐. |
| 영욱 | 알았오. |

영욱, 메고 있던 스카프로 은철의 손목을 묶는다.

| 효민 | (영욱에게) 아저씨 저 총 총알 있나 봐봐. |
|------|------|
| 은철 | 총알 진짜 없시오. |
| 효민 | 아 또 구라치네? |
| 은철 | 그 총에 총알이 들어가 본 적도 없다. |
| 영욱 | 공화국 존사는 빈총으로 근무하지 않는다매? |
| 은철 | 기예조입네다. |
| 영욱 | 기예조? |
| 은철 | 정해진 시간마다 국경 검문소 앞에서 교대식을 한단 말입 |

니다. 기캐서 총알이 왜 필요하갔시오?

**효민**  대박… 빈총으로 이 짓을 했다고?

**은철**  (효민을 보며) 날 해치려고 하는데 가만 있간?

**효민**  누가 누구를 해쳐?

**은철**  (보조배터리를 가리키며) 폭탄을 들고 날뛰지 않았나?

**효민**  이거? 그냥 보조배터리인데?

**은철**  뻬토리? 빳데리?

**효민**  폰 충전하는 기계.

**은철**  (효민에게 다가가며) 이 애미나이 나를 속였네?

**효민**  (은철에게 다가가며) 그쪽도 우리를 속였잖아!

**영욱**  (은철과 효민을 말리며) 기래, 기래 피차일반이야. 그러니까 열 내지 말고, 일단은 휴전을 하자고.

**은철**  이고 무슨 휴전임까 포로로 잡힌 게지.

**효민**  그러니까 믿음을 줬었어야지.

**은철**  (효민을 노려보며) 애미나이 두고 보자.

**효민**  (은철을 노려보며) 두고 보자는 사람 하나도 안 무섭네.

**영욱**  (명령조로) 이카겠니! (그만 싸우고) 일단 지금 상황을 정리해 보자고. (효민을 보고) 보아하니 학생 같은데 맞나?

**효민**  (걸터앉으며) 네 맞아요.

**영욱**  요기에는 어떻게 오게 됐어?

**효민**  단동대교 위에서 폰 세우고 사진 찍고 있었는데 바람이 갑자기 훅 불더라고요. 그대로 휘청하면서 다리 아래로 떨어졌죠. 그리고 기절하고 깨고보니 여기.

| 영욱 | (손바닥을 치며) 기래! 나도 병을 올려서 절하다가, 병이 떨어지길래 잡으려고 하다가 같이 떨어졌어. 강물에 허우적대다가 기절하고 깨보니, 여기였고. (은철을 보며) 오이~ 자네는? |
| --- | --- |
| 은철 | 위대하게! 물 뽑다가 떨어졌지요. |
| 효민 | (한참 생각하다) 아우 디러. |
| 은철 | 뭐가 더러워? 애미나이 새끼들은 소변 안 보나? |
| 효민 | 노상방뇨하다 떨어진 거잖아. |
| 은철 | 노상 뭐? |
| 효민 | (은철을 더럽다는 듯이 보며) 저질… |
| 은철 | 이 애미나이가? |
| 영욱 | 자자 그만 싸우고. 어쨌든 우리 모두 강물에 빠졌지만, 다행히 모두 무사히, 오딘지 모르는 이곳까지 흘러왔어. 그리고 우리 모두 피해자라는 얘기야. |
| 효민 | (휴대폰을 이곳저곳 만지며) 나 빨리 호텔로 돌아가야 하는데. |
| 은철 | 내래 부대 복귀하지 않으면 큰일 난단 말이야. |
| 영욱 | 소~오다 (그래) 여기가 공화국에 땅이라면 더 큰일이지. 자네는 괜찮지만 이 학생이나 난 월북한 셈이니까. |
| 은철 | 기왕 이레케 된 김에 우리 공화국에서 사는 게 어떻습니까? |
| 효민 | 미쳤어? |
| 은철 | 미치긴 왜 미쳐? 공화국은 모두를 환영한단 말이야. |
| 효민 | 짜증나. |
| 영욱 | 여기서 사는 건 무리이고, 아무튼 우리가 온 곳으로 돌어 |

가는 게 맞는 거 같네. 모두 단동대교에서 떨어져 여기 온 거니까, 다시 단동대교로 가는 게 맞다고 봐.

**은철**  단동대교 아니요. 압록강대교임다.

**영욱**  하아이하잇. (그래그래) 압록강대교. 아무튼 거기로 모두 돌아가는 목표를 세워, 협력하자고. 알겠나?

**효민**  되도록 빨리 돌아가고 싶어.

**영욱**  (은철을 보며) 오이~ 존사 총각. 협력할 수 있지?

**은철**  맘대로 하십쇼. 저도 빨리 돌아가야 한단 말임다.

**영욱**  요시. (그래그래) 근데 자네 혹시, 여기 어딘지 아나?

**은철**  낸들 어찌 암까?

**효민**  여기 사람이라매? 여기 사람인데 지리도 몰라?

**은철**  나도 떨어져 떠내려 왔는데 어떻게 알아?

**효민**  도움 하나도 안 되겠네.

**은철**  뭐이? 이 애미나이가?


은철의 배에서 꼬로록 소리가 들린다.


**효민**  뭐야 정말. 갈비.

**은철**  갈비? 갈비가 어디 있어?

**효민**  여기~~~ (하면서 은철에게 손동작을 한다) 갈수록 비호감.

**은철**  이 애미나이가?

**효민**  (은철을 보며) 배고프지?

**은철**  일 없다.

| 효민 | 아 배고프다. 어 마침 이게 있네? 자! |
|---|---|

효민, 가방 뒤지더니 초코바를 꺼내 은철에게 준다

| 은철 | 이건 뭐야? |
|---|---|
| 효민 | 초코바. 배고프다매? |
| 은철 | 일 없어. |
| 효민 | 일 없어도 먹어. |

효민, 하나를 뜯어서 먹고 다른 걸 은철에게 건네며.

| 효민 | 자~ 독 탄 거 아냐! |
|---|---|
| 은철 | 누가 독 탔다고 했어? |
| 효민 | 자~ |

초코바를 은철 입에 물려주는 효민.

| 은철 | 이 애미나이가 누굴 돼지로 아나? |
|---|---|
| 효민 | (영욱에게) 아저씨도 먹을래? |
| 영욱 | 난 괜찮다. 초코레또를 많이 먹으면 가스도 생기고 살도 찌고, 건강에 안 좋다… |

영욱이 주절주절 말하는 사이 효민이 영욱 입에도 초코바를 물려

준다.

**효민**  (은철에게) 어때? 맛있지? 북한에 이런 거 있어?

**은철**  공화국을 뭘로 보고? 쪼꼬렛뜨가 왜 없어! (초콜렛 껍질을 가리키며) 이런 거 집에 가득가득 쌓아놓고 먹는다!

**효민**  오 그래? 이건 자유시간인데 그건 이름이 뭔데?

**은철**  (순간 당황하다 한참 후) 작… 작업시간.

**효민**  푸하하 작업시간이래!

**영욱**  (같이 웃는다)

**은철**  웃지 말라! 내래 총으로 쏴 버리갔어!

**효민**  묶인 주제에 어떻게 쏴?

**은철**  어떻게 쏘긴? (입으로 소리낸다) 뚜두두두두두 니눈 이제 죽은 기야.

**효민**  대박… 오지구요 지리구요

**은철**  뭐이? 오지… 지리?

**영욱**  오이~ 자네 보기보단 유쾌하네. 뚜두두두두두두. (따라한다)

**효민**  (은철에게 다가가며) 근데 아저씨 진짜 북한사람 맞어?

**은철**  아저씨! 내래 왜 아저씨야?

**효민**  그럼 아줌마야?

**은철**  (당당하게) 내래 팔팔한 청춘이야! 총각!

**효민**  그럼 총각~ 이렇게 불러줘?

**은철**  빌어먹을 애미나이… 벨대로 부르라우.

**효민**  북한사람 맞냐고?

| 은철 | (자기 가슴을 치며) 조선민주주의인민공화국 국경경비대 하사야. |
|---|---|
| 효민 | (실망하며) 티비가 내 눈을 배렸네. 혹시나 했는데 |
| 은철 | 그게 무슨 말이야? |
| 효민 | 리정혁 같은 사람 있을 줄 알았지. |
| 은철 | 리종혹? 고게 누구야? |
| 효민 | 됐다. 나도 손예진은 아니니까 |
| 은철 | 무슨 소릴 하는기야? 리종혹? 손예진? |
| 효민 | (은철을 위아래 쳐다보며) 하긴… 현빈이 북한에 있을 리 없지. |
| 은철 | 혼자서 뭐라 꿍얼꿍얼 대? 날 놀려? |
| 영욱 | 리정혁이란 한국티비드라마 〈사랑의 불시착〉에 나오는 공화국 장교인데 현빈이라는 아주 자~알 생긴 한국 배우가 나오는데… 인기가 옴청나게 많다, 아가씨들이 아주 껌뻑 반하고 있지… (주절주절) |
| 효민 | 아휴 설명충. |
| 영욱 | 솔명충? (진지하게) 솔명충이 뭔데? |
| 효민 | 아 됐어요. |
| 은철 | (효민에게 다가가서) 고 현빈이라는 배우 잘 생겼지? |
| 효민 | 찐이지. |
| 은철 | 찐이가 뭐니? |
| 효민 | 당빠라고. |
| 은철 | 당빠는 또 뭐야? |
| 효민 | 당근 빠따. |

**은철**　당근 빠따?

**효민**　존잘.

**은철**　(생각하며) 존엄한… 잘…

**효민**　정말 잘 생겼다고.

**은철**　(헛기침을 하며) 아하, 고럼 나를 보니까 고 잘 생긴 현빈이가 떠오른다 이 말이지?

**효민**　헐… 강물에 다시 뛰어들고 싶다.

**은철**　내래 좀 생겼지. 채하시장에만 나가면 나한테 추파 던지는 애미나이들이 좀 있거든?

**효민**　(한숨을 쉬며) 나도 던지고 싶네.

**은철**　(효민에게 다가가며) 기래? 너도 반했어? 큰일이구만 기래.

**효민**　(은철을 똑바로 쳐다보며) 돌을.

**은철**　이 애미나이가?

**효민**　툭하면 이 애미나이가 이 애미나이가 다른 말은 없어?

**은철**　이 애미나이 애미나이지 뭐야?

**효민**　됐다. 애미나이충.

**은철**　애미나이_충? 고거이 뭐야? (사이) 충은 또 뭐야?

**영욱**　(손바닥을 한 번 치며) 자 움직여 보자고. 걷다보면 뭔가 나오겠지. (움직인다)

**은철**　고쪽 아닙니다.

**영욱**　오찌 알아?

**은철**　고쪽은 남쪽입네다. 이쪽 오디인지는 몰라도 방향은 정확함다. 아마 조쪽이 압록강대교일 겁네.

**영욱**　　　그래 저기! 나도 저기라 생각했어. 가세~!

영욱을 선두로 그들 모두 걷기 시작한다.

# 제3장. 둑방길

은철, 효민과 영욱과 좀 떨어진 곳에 등져 앉아있다. 잠깐의 정적.

**영욱**    (은철을 보며) 오이~ 자네 몇 살인가?

**은철**    남의 나이는 알아서 뭐함까?

**영욱**    뭐 어때? 이렇게 만난 것도 인연인데. 난 오영욱이야.

**효민**    인연은 무슨 악연이겠지.

**은철**    저 애미나이가?

**효민**    어휴 애미나이충.

**은철**    (손가락으로 효민을 가리키며) 남조선 애미나이들은 다 저럽니까?

**효민**    (깐족거리며) 다 그럼다.

**영욱**    자네들 꼭 톰과 제리 같다.

**은철**    톰과 제리? 그게 뭐임까?

**효민**    나 같이 똑똑한 쥐 제리랑 그쪽같이 미련한 고양이 톰이 나오는 만화.

**은철**    이 쌍간나 대가리 돌맞았니?

**효민**    찍찍.

**영욱**    티격태격 재미있네.

**은철**    재미 하나도 없시오.

| 효민 | 나도 재미없그든? |
|------|------------------|
| 영욱 | (효민을 보며) 우리 학생은 몇 살? |
| 효민 | 숙녀 나이 묻는 거 아니거든요? |
| 영욱 | 고렇게 말하는 거 보니까 열일곱 열여덟 정도겠군. 오이~ 자네는? |
| 은철 | 스물하고 일곱이야요. |
| 효민 | 대박, 그것밖에 안 돼? 난 마흔은 더 넘은 줄 알았는데. |
| 은철 | 애미나이 벌건 대낮에 북두칠성 봐야 알간? |
| 효민 | 옹? 북두칠성? 대낮에? 어떻게? |
| 영욱 | 오이오이~ 아가씨를 때리면 쓰나.! |
| 효민 | 헐~~~~ 암튼 못돼 쳐먹었어요. 여자를 때리려고 하고. |
| 은철 | 내래 언제 때린다고 했니? 별 보여준다 했지 |
| 효민 | (궁시렁대며) 둘러대기는… |
| 은철 | 저 애미나이 내 누이였으면 기냥… |
| 효민 | 뭐? 뭐? 그냥 뭐? |
| 은철 | 내 동생이었으면 진작에 짓박아넣어 버렸지. |
| 효민 | (깐족거리며) 아 눼눼 감사하네요. |
| 은철 | (벌떡 일어나며) 이 애미나이 빨리 보내버려야디. 내 미치겠구만. 가자우. |
| 영욱 | (웃으며) 기래 빨리 가자. |

은철, 걷다가 비틀거리며 주저앉는다.

**영욱**   (일어서며) 가만… 자네 발…

**은철**   (발을 보며) 뭐 말임까?

**영욱**   자네 발…

**은철**   일 없시오.

**영욱**   일 없긴… 아까보다 많이 심해졌는데… 언제부터 그런 거야?

**은철**   다리에서 떨어질 때 살짝 그런 겁다. 일 없시오. 걱정 말라요.

**영욱**   (다가가서) 앉아보게. (은철의 다리를 눌러본다)


은철, 비명을 지른다.


**영욱**   삔 거 같네.

**은철**   일 없시오. (비명)

**효민**   잠깐 나와봐봐. (환부를 보고) 어이구 미련퉁이야. 퉁퉁 부었네.


효민, 은철의 신발을 벗기려다 뒤로 발라당 넘어져 한 바퀴 구른다.


**효민**   뭐야. 신발에 접착제 붙여놨어?


영욱이 다가와 은철의 신발을 벗겨준다. 신발을 벗기니 화악 퍼지는 발 냄새.


**효민**   우악 냄새~! 신발을 얼마나 오래 신은 거야?

| | |
|---|---|
| **은철** | 저리 가라. |
| **효민** | 내가 상비약 갖고 다니는 걸 다행으로 알아. (가방에서 약을 꺼내 후다닥 다가간다) |
| **은철** | 저리 가라. |
| **효민** | 가만 있어. (숨을 참고 약을 바른다) 아저씨 손 묶은 거 풀어봐. |
| **영욱** | 풀어주자고? |
| **효민** | 아 빨리~! |

영욱, 묶인 은철의 손을 풀어 효민에게 준다. 효민, 약을 다 바르고 스카프로 다리를 묶는다.

| | |
|---|---|
| **효민** | 다 되었다. 아저씨가 신발 신겨. |
| **영욱** | 뭐? 내가? (다가가기 주저하는데) |

은철이 신발을 잡고 스스로 신는다.

| | |
|---|---|
| **영욱** | 이제 괜찮냐? |
| **은철** | (총을 챙기며) 일 없시오. 가도 됩니다. |
| **효민** | 없긴 뭐가 없어? 일이 생겼잖아. 말끝마다 일 없슴다 일 없시오. |
| **은철** | 이런 믹제기 같은 거. 일 없으니까 없다 하는 거 아냐? |
| **효민** | 방금 일이 생겼잖아! |
| **영욱** | 학생. 고게 말야. 북조선에서는 '괜찮습니다'라는 말을 '일 |

없습니다'라고 쓰는 거야. (주절주절)

**효민**  또 진지충! 그냥 해본 소리라고요. 울 엄마도 고향이 이쪽
이라 툭하면 쓰거덩요?

**영욱**  오모니 고향이 북이라고?

**효민**  그럼~ 노쓰코리아.

**영욱**  오모니 나이가 어떻게 되는데?

**효민**  마흔셋.

**영욱**  이름은? 탈북했나?

**효민**  (땅을 보며) 자세한 건 나도 몰라. 고향 가고 싶다고 항상 울
기만 하니까.

**은철**  (갑자기) 제 발로 갔으면서 울긴 왜 울어!

**효민**  깜짝이야. 왜 갑자기 소리를 질러?

**은철**  갔으면 간대로 살지. 왜 그리워하고 울고 짜고 그래?.

**효민**  남이사 웬 간섭?

**은철**  가식적인 반동들.

**영욱**  오이~ 자네 왜 기래?

**은철**  뭐 말임까?

**영욱**  무슨 일 있오?

**은철**  일 없시오.

**효민**  없긴 개뿔…

**영욱**  말해봐.

**은철**  (진지하게) 일 없단 말이다.

**효민**  있네 있어.

| | |
|---|---|
| **은철** | (화난듯이) 입 닥쳐. |
| **효민** | 어얼… 쎄게 나오네. |
| **영욱** | 조또마때. (잠깐만) |
| **효민** | 말해봐봐~ |
| **은철** | 싫다. 느같이 자본주의에 찌든 애미나이는 말해줘도 이해 못해. |
| **효민** | 와 열기 힘든 내 마음의 창을 열어서 대화하려고 했더만 개무시? |
| **은철** | 너 같은 철딱서니가 뭘 알간? |
| **효민** | (어이없다는 듯이) 와 대박! 내가 왜 철없어? 옛날 같았으면 시집 갈 나이야! |
| **은철** | 아새끼들 잔뜩 나와서 팔다리 베베 꼬며 고래고래 소리 지르는 남조선 자본주의? |
| **효민** | 뭔 솔? |
| **은철** | 애미나이마냥 곱상하게 생긴 아새끼들이 몰려 나와 이상한 춤 추면서 노래하는 그 모르간? |
| **효민** | 아~ 아이돌그룹? (돌변) 난 아이돌그룹 싫어하는데? |
| **은철** | 후라이 까지 말라! 남조선 애미나이들은 다 좋아하잖아! |
| **효민** | 난 아니거든? (폰 뒤에 붙어있는 사진 보여주며) 영탁 좋아하 거든? |
| **은철** | 거봐 맞잖아. 아이돌 좋아하는 거. |
| **효민** | 아이돌 안 좋아하거든? |
| **은철** | 금방 영탁인가 뭐시기 좋아한다 했잖아. |

| | |
|---|---|
| **효민** | (어이없다는 듯이) 영탁이 아이돌? |
| **효민** | 말을 말자. 말을! |
| **은철** | 어디 나한테 후라이를 깔라 그러네? 영탁은 어디 예술단이야? |
| **효민** | 미스터트롯. |
| **은철** | 미… 미스터 트롯? 내 알지! 새로 생긴 미스터 예술단이지? |
| **효민** | 정말… 니가 왜 거기서 나오니? |
| **영욱** | (조심스럽게) 말해보게. 자네 무슨 일이 있었나? |
| **은철** | 없시오. |
| **영욱** | 없긴… 자네 말속에 원망이 가득한데. |
| **효민** | 자격지심이겠지 뭐. 한국이 잘 살고 한류가 잘되니까 배 아픈. |
| **은철** | 한류? 한류는 또 뭐야? |
| **영욱** | 한류 와네~에. (일어: 한류란 말이야). 영어로는 코리아웨이브라고 하는데 한국의 가요나 영화, 요즘엔 드라마는 네또뻴리익스 |
| **효민** | 진지하게 설명하지 마! TMI냐고! 설명충! |
| **은철** | 야. 야. 한류인지 뭔지 개나 주라. |
| **효민** | (손가락으로 은철을 가리키며) 거봐. 괜히 질투나서 그러는 거 맞잖아~ |
| **은철** | 질투? 남조선은 철천지원쑤야. 질투가 아니라 증오야. |
| **효민** | (일어나며) 왜 증오해? 우리가 아저씨 피해를 줬어 뭐했어? |
| **은철** | 피해 줬지! 고것도 아주 큰 피해! |

| 효민 | 무슨 피해? |
|---|---|
| 은철 | 알 거 없어. |
| 효민 | 후라이 깔려고 하니까 없지? 그래서 말 못하지? |
| 은철 | 말 못하는 거 아니야. |
| 효민 | 그럼 말해봐. 우리나라가 그쪽한테 무슨 피해를 줬는데? 응? 말해봐! |
| 은철 | 남조선은… |
| 효민 | 남조선 뭐? |
| 은철 | 남조선은! 내 사랑하는 가족을 찢어놓았다! |
| 효민 | 가족을 찢어놨다고? |
| 은철 | 기래. 기래서 난 남조선을 증오한다. |
| 효민 | 왜 애먼 우리나라에 화풀이 하는데? 아저씨 가족을 왜 한국이 찢어놔? |
| 은철 | 남조선이 방해를 안 했으면 우리 엄마는!!! 조국으로 돌아왔을 건데… |
| 영욱 | 오모니가 혹시 남조선에 있나? |
| 은철 | 우리 엄마가 남조선에 잡혀있시요. |
| 효민 | 우리나라에? 잡혀있다고? |
| 영욱 | (은철에게 다가가며) 자네 오모니가 잡혀있다고? |
| 은철 | 연락이 안 됩니다. 남조선 중앙정보부에서 강제로 잡아둔 게 분명합니다. |
| 효민 | 먼 솔~ 잡긴 뭘 잡아 지금이 어떤 시대라고. |
| 은철 | 내래 잘 알아. 공화국으로 오고 싶어 하는 사람들도 결국 |

못 오고 거기서 늙어 죽은 거. 울 엄마도 잡혀서 못 오는 거야.

**영욱**  (은철 어깨에 손을 올리며) 무슨 말을 해줘야 할지 모르겠지만 오모니는 강제로 갇혀 살지는 않을 거야. 다른 이유 때문에 못 오는 거겠지.

**은철**  (영욱의 손을 뿌리치며) 거짓말 하지 말라요. (돌아서며) 아직까지 연락이 없는 건 분명 잡혀있는 게 확실한 겁니다.

**영욱**  사정이 있을 거야.

**은철**  (돌아서서 영욱을 보며) 무슨 사정이요?

**영욱**  나도… 오랫동안 연락을 못했어. 아주 오랫동안.

**은철**  그건 또 무슨 말입니까?

**영욱**  나 역시 사정이 생겨서 가족들하고 연락이 끊겼어.

**은철**  무슨 사정이요?

**영욱**  내가 북조선을 떠난 것도 벌써 20년이 됐어.

**은철**  그럼 아저씨도 공화국 출신?

**영욱**  기래.

**은철**  (영욱을 똑바로 쳐다보며) 왜 떠났습네까?

**영욱**  그땐 그럴만한 사정이 있었지.

**은철**  아무리 사정이 있어도 그렇지 어떻게 탈북까지!

**영욱**  (병을 끌어안고 병을 보며) 기래 어떠한 말을 해도 이해 못할 거야.

**은철**  (영욱을 가리키며) 조국을 배신한 악질 반동!!

**효민**  미치겠네. 지금 인민재판 하는 거야?

**은철**  여긴 공화국이야. (효민과 영욱을 가리키며) 내래 맘만 먹으면 둘 다 끌고 갈 수 있어!

영욱, 그 자리에서 생각에 잠긴 듯 멍하니 다른 곳을 보고 있다.

**효민**  (걸터앉으며) 어 그러셔? 무섭네.

**은철**  무서우면 아가리 닥쳐.

**효민**  아이고 무서워. (은철에게 다가가며) 우리 잡아가서 간첩 잡았 다고 하고 진급하려고?

**은철**  입 닥치라!

**효민**  (손목을 보여주며) 끌고 가지?

**은철**  (효민에게 다가가며) 그만하라!

**효민**  나이만 먹었지 아직 애야. 나보다 더 어리네.

**은철**  (주먹을 쎄게 쥐며) 계속 지껄이면 가만 안 둬!

**효민**  (일어서서 은철을 똑바로 보며) 따져볼까? 그럼 똑같이 탈북한 그쪽 엄마는? 그쪽 엄마는 악질 반동 아냐? 조국을 배신 한 원수 아니냐고!

**은철**  (손가락으로 효민을 가리키며) 입 닥쳐! 우리 엄만 그렇지 않아!

**효민**  (은철에게 다가가며) 왜 자기 위주로만 생각해? 사람들 모두 각자의 사연이 있고 아픔을 갖고 살아. 난 뭐 없는 줄 알 아? 혼자만 아픔 있다고 착각하는 거 아냐?

**은철**  (효민에게 다가가며) 이 애미나이가?

**효민**  (은철에게 더 바짝 다가가며) 이 또라이가?!

| | |
|---|---|
| 은철 | (한 발자국 뒤로가며) 또… 또라이? 또라인 또 뭐야? |
| 효민 | 또라이? (은철에게 얼굴을 내밀며) 미친 놈. |
| 은철 | 미… 미친 놈? |
| 효민 | 나보고 애미나이라매? 그럼 그쪽은 또라이라 불려도 억울하지 않지. |
| 은철 | (천천히 자기 자리로 돌아가며) 하… 내래 오늘 사람 제대로 만났구만기래. |
| 효민 | (은철을 향해 큰소리로) 두고두고 오늘을 기억해줘. 아니 잊고 싶어도 잊지 못할걸? |
| 은철 | (효민을 보고, 삿대질하며) 느 같은 동생이 없다는 것에 감사해야갓어. 있었다면 아마 미쳐 죽었을 기야. |
| 효민 | 누가 할 소리? 댁 같은 오빠라면 난 집 나오고 말았을걸? |
| 은철 | (비아냥대며) 아휴 기래! 정말 고마워 죽갔다. |
| 효민 | 죽지는 마. |
| 은철 | 우리 빨리 헤어지자. |
| 효민 | 미투 그리고. |
| 은철 | (사이) 뭐? |
| 효민 | (영욱을 슬쩍 보며) 웬만하면 저 아저씨한테 소리친 거 사과하지? |
| 은철 | 내래 왜 사과하니? |
| 효민 | (은철 흉내를 내며) 악질 반동! 그랬잖아. |
| 은철 | 그게 맞잖아! |
| 효민 | 그럼 그쪽 아저씨네 엄마도 악질 반동이야. |

**은철**  (돌아서며) 야, 그만하자.

**효민**  그러니까 고만해. 같은 북한 사람 만났잖아.

**은철**  (효민을 보며) 조선민주주의인민공화국.

**효민**  알았어 알았어. 같은 공화국 사람 (사이) 암튼 사과해.

**영욱**  (효민, 은철을 보며) 아니야, 나가 미안했오.

**효민**  아저씨가 왜 사과해? 됐어.

**은철**  (영욱을 보며) 일단 아까 소리친 거 미안합니다.

**영욱**  아니야. (병을 보며) 들어도 싸지.

**은철**  어쨌든 알아두라요. 왜 떠났는지는 모르지만 남아있는 사
       람들은 피해만 본다구요.

**영욱**  (땅을 보며) 미안하네.

**은철**  (바닥에 앉으며) 일 없시오. 내래 왜 아저씨 사과를 받슴까?

**효민**  잘 했어요. 둘 다. 얼마나 보기 좋아.

**은철**  (중얼거리며) 앙칼지고 이중적인 애미나이…

**효민**  또라…

**은철**  그만 하라우!

**효민**  (걸터앉으며) 자 티격태격 했으니까 좀 쉬었다 갑시다~!
       휴식!


       암전 후 용명.
       뭔가를 부시럭거리는 효민. 이 모습을 지켜보는 은철.


**은철**  그만 쉬고 빨리 가자. 시간 없어.

**효민**  알았어. (은철을 힐끔 보며) 나도 빨리 아저씨랑 이별하고 싶거든?

**은철**  아저씨 아니야! 총각보고, 난 총각인데 왜 .

**효민**  전사 총각.

**은철**  (혈압이 오르는 듯 뒷목을 잡으며) 내래 까무라치느니 죽는 게 낫지.

**효민**  (보조밧데리를 분리하고 전화를 키고) 켜진다! 아싸!

**은철**  뭐야? 그거 고장난 거 아니야?

**효민**  밧데리가 다 떨어진 거라니까. (통화를 시도한다) 뭐야 안 터지네. 톡도 안 되고.

**은철**  공화국 안인데 자본주의 물건이 될 리 있갓니?


효민, 이리저리 만져보더니 셀카모드로 폰을 바라보다 녹화 버튼을 누른다.


**효민**  여기는 조선민주주의인민공화국입네다.

**은철**  지금 모하는 기야?

**효민**  아이 뭐야! 왜 끼어들어!

**은철**  모하는 기냐 묻잖아?

**효민**  브이로그. 브이로그 찍는데 얼굴 들이밀면 어떡해? (동영상 녹화 정지 버튼을 누른다)

**은철**  브이로그가 모야?

**영욱**  비디오블로그의 줄인 말로 자신의 일상을 직접 찍은 동영

상 콘텐츠라고 하며 이것을… (주절주절)

효민  아 쫌 진지 설명 그만!

은철  애미나이 지도 소리 지르면서.

효민  (자기 팔을 감싸며) 내가 언제 소리 질렀다고 그래요? 효미니
는 연약하거덩요?

은철  일 있슴까?

효민  일 없슴다. (사진첩을 본다) 아저씨 중국 간 적 없지? 이거 좀
봐봐. (은철에게 화면을 보여주며)

은철  (슬쩍 화면을 보다가) 잠깐. 니네 엄마야?

효민  뭐야~ 왜 훔쳐봐!

은철  지가 보여줘놓구선…

효민  내가 언제?

은철  니 속에 두 명의 동무 있는 거 아니야?

효민  우리 엄마. 이쁘지?

은철  우리 엄마랑 비슷하게 생겼다.

효민  (농담처럼) 정말? 어쩜 아저씨네 엄마일지도 몰라.

은철  장난하니?

효민  응 장난.

은철  또라이는 니 아니야?

효민  응 나 또라이 맞아.

은철  인정하니 고맙구나.

효민  모르지~ 정말 엄마일지도. 아저씨 엄마 고향 어딘데?

은철  평안북도 천마군.

| | |
|---|---|
| **효민** | 천마군? |
| **영욱** | (은철에게 다가가며) 그리고? |
| **은철** | 천마읍 신흥리. |
| **효민** | 천마! 그래 울 엄마도 천마 출신이라고 했어! |
| **영욱** | 가만…! 신흥리라고 했나? |
| **은철** | 기래요. |
| **영욱** | (자기 가슴을 치며) 내 고향이 신흥리야! |
| **효민** | 어얼~ 점점 드라마틱해지는데? 이러다가 헤어진 조카삼촌 만나는 거 아냐? |
| **은철** | 아저씨가 우리엄마 고향사람이란 말임까? |
| **영욱** | 오모니 이름이 뭔데? |
| **은철** | (잠시) 오영순입네다. |
| **효민** | 에이~ 울 엄마는 탈락. 울 엄마는 오정화인데. (폰을 만진다) |
| **영욱** | 지금 오영순이라고 했나? 오.영.순? |
| **은철** | 그래요. |
| **영욱** | 자네 이름이 뭔가? |
| **은철** | 장은철이야요. |
| **영욱** | (은철에게 더욱 더 다가가며) 장은철? 아보님 함자는? |
| **은철** | 호구조사 하십니까? 장용우임네다. |
| **영욱** | (천천히 뒷걸음질 치며) 장용우… (사이) 장은철 자네가 살아있었단 말인가? |
| **은철** | 그게 무슨 말이야요? |
| **영욱** | 그렇구만… 어떻게 이런 일이 생길수가… |

**은철**　무슨 일입네까?

**영욱**　자네가 살아있다는 걸 알았더라면… 아니 그걸 왜 몰랐던 거지?

**은철**　(영욱에게 다가가며) 저를 아십네까? 살아있다는 게 무슨 말이야요? (영욱의 어깨를 잡으며) 왜 말을 에둘리십네까? 무슨 말이야요?

**영욱**　(은철을 보며) 미안하네. 내가 자네에게 큰 죄인이구만.

**은철**　(영욱을 잡은 어깨를 풀고 몇 걸음 이동하며) 정신나갔시오? 자꾸 이상한 소리 마시라요. 도대체 무슨 소리 하고 싶은 겁네까?

**영욱**　난 자네 부친과 친구사이라네.

**효민**　대박 오짐.

**은철**　(영욱을 보며) 그게 정말입네까?

**영욱**　게다가… 자네 모친은 내… (사이) 여동생이네.

**효민**　뭐야 이거 실화야?

**은철**　기럼 엄마랑 외할아바이 데리고 탈북을 한 외삼촌이 아저씨란 말입네까?

**영욱**　기래.

**은철**　(달려들어 멱살을 잡으며) 와 기랬습니까? 왜 아부지랑 저를 버리고 떠났습니까?

**효민**　(당황하며) 아저씨 이러지 마! 아저씨 이거 봐! 말로 해 말로!

**은철**　닥치라! 역시 기캤구만. (멱살 잡은 손에 힘을 주며) 어떻게 이곳에서 진짜 원쑤를 만나다니? 이거 하늘이 준 기회야! 내래 이 조국과 우리 집안의 반역자를 처단하고 말 것이야!
(주변을 둘러보다 돌을 집어든다)

**효민**  또 오버한다.

**은철**  우리 집안 문제야. 넌 간섭하지 말라.

**효민**  일단 들어봐. 변명이라도

**은철**  (멱살을 풀고, 영욱을 가리키며) 들어보고 말 게 뭐가 있어? 우리 엄마를 남조선에 팔아먹은 원쑤인데.

**효민**  남조선이 뭐 탈북자를 돈 주고 사는 곳이야?

**은철**  (효민을 보며) 뭐?

**효민**  탈북자 아니라도 한국에 오고 싶어 하는 사람 많거든?

**은철**  닥치라.

**효민**  울 엄마도 탈북자 출신이지만 탈북자들이 너무 많이 와서 지긋지긋 하다고!

**은철**  (효민에게 다가가려하며) 이 애미나이가!

이때, 영욱이 무릎을 꿇는다. 은철과 효민 놀란다.

**영욱**  미안하네. 자네와 자네 부친에게 감당 못할 상처를 주었으니…

**효민**  아저씨 지금 뭐해?

**영욱**  사과하네 진심으로.

**효민**  뭐하는 거야? 얼른 일어나라고!

**은철**  말해보라요 (사이) 왜 조국을 떠났는지, 왜 아부지를 배신

했는지 말해 보라요.

**영욱**　(한숨을 쉰다) 고게…

**은철**　정당한 이유가 아니라면 가만 두지 않갔어.

**영욱**　기래. 어떤 말을 해도 용서가 안될 테지만 내 말하겠네. 사실…

**은철**　말해보라요.

**영욱**　(병을 보며) 내 아보지. 그러니까 자네 외할아바이가 불치병을 앓았다는 건 알고 있나?

**은철**　모릅니다.

**영욱**　자넨 어릴 때니까 잘 모르겠지. 북조선에선 치료할 방법이 없어, 죽을 날만 기다리고 있었다네. 그때, 중국병원에서 병치료가 가능하다는 소식을 듣고, 외할아바이의 병을 치료하기 위해 국경을 넘었네, 자네 오모니랑 같이. 혼자 온다고 했더니 혼자서는 감당이 안 될 거라며, 따라왔는데… 그때 확실하게 말려야 했어… 병을 치료하려면 어마어마한 돈이 필요한지라 밀항선을 타게 되었는데… 브로커의 계략으로 자네 오모니는 남조선으로 나랑 아버지는 일본으로 팔려가게 됐네. 원래 목적지는 상해였는데…

**은철**　(다시 멱살을 잡으며) 그게 말이 돼요?

**영욱**　그러게 말이다. 하도 기가 막힌 일이지. (병을 보며) 그리고 얼마 못 가 아보지는 돌아가시고 난 낯선 땅에서 노예처럼 부림을 당했지. 자네 오모니가 어찌 된 지도 모르는 채…

**은철**  조국으로, 내 아부지한테 연락할 생각은 안 하셨시요?

**영욱**  한참 지낸 뒤에 연락이 되었지. 그런데 돌아온 소식은 충격이었어.

**은철**  무슨 충격?

**은철**  자네 아보지가 사고로 돌아가셨다는 소식과 자네가 애육원에 들어갔다가 죽었다는 얘기. 어쩜 이렇게 감쪽같이 속을 수가…

**은철**  (멱살을 서서히 풀며) 정말입네까? 내 죽었다 했슴까?

**영욱**  기래.

**효민**  애육원? 애육원이 뭔데?

**영욱**  고아원.

**은철**  어처구니없네! 그걸 그대로 믿고 저를 버렸던 겁네까?

**영욱**  그럼 어쩌겠나. 이미 모두가 죽었다고 하는데, 게다가 자네 오모니, 내 동생의 생사도 모르니.

**은철**  (주먹을 꽉 쥐며) 기캐도 조국으로 돌아와야 하는 게 아니야요?

**영욱**  우리 영순이를 찾아 같이 돌아가기 위해 내 얼마나 애를 썼는지 아나? 수십 년을 남조선에 수소문을 했지만 찾을 수가 없었다네. 그래서 생각을 했지. 어쩌면 영순이도 이 세상에 없을지도 모른다고. 자네라면 가족이 없는 고향으로 돌아가겠나? (땅을 보며) 슬픔만 남아있는 그곳에?

**은철**  참 잘도 둘러대시네.

**효민**  (은철과 영욱에게 다가오려 하며) 그만해.

| 은철 | (효민을 보며) 야 삐치지 말라. 우리 집안일이야. |
|---|---|
| 효민 | 그렇게 이해 못하겠어? 일부러 그런 게 아니잖아! |
| 은철 | 우리 엄마는 죽지 않았어! |
| 영욱 | (은철을 보며) 고게 사실인가? |
| 은철 | (옆으로 몇 걸음 이동하며) 내래 애육원에 가서도 엄마래 연락을 췄다요. 기캐서 엄마가 남조선에 있다는 걸 알았슴다. 하지만 온젠가부터 소식이 끊겼디요. |
| 효민 | 그거네. 아저씨 오마니도 아저씨가 죽었다는 거짓소식을 받았네. |
| 은철 | (효민을 똑바로 쳐다보며) 누가 고따위 소식을 전해? 내래 왜 죽어? |
| 효민 | 모르지. 아무튼 그 거짓소식으로 연락이 끊긴 거네. |
| 은철 | 어떤 종간나새끼가 나를 죽여! (자기 가슴을 치며) 내래 이렇게 살아있는데!!! |
| 영욱 | 고래, 자네가 살아있는 걸 알았다면… |
| 은철 | 입 닥치라요! (영욱에게 다가가며) 어쨌든 조국을 배신하고 탈북한 건 사실 아닙니까? 내래 죽었다면 돌아와서 시신이라도 직접 묻어줘야 하는 거 아니야요? |
| 효민 | 그럴만한 상황이 아니었잖아. 상황? |
| 은철 | 내 상황은? 우리 아부지가 돌아가신 후에 외톨이가 된 내 상황은? 하루가 한달 같고 한달이 일년 같은 그 느낌 알간? |
| 효민 | 이 아저씨도 그리고 엄마도 똑같았을 거야 |
| 은철 | 어른이 되어가지고 왜 나를 이렇게 만든 겁니까? |

**효민**   (은철에게 다가가며) 그만해.

**은철**   (효민을 보며) 애미나이 나대지 말라.

**효민**   나대는 건 아저씨야.

**은철**   이 상황에 내가 어떻게 참아!

**효민**   그래서! 그래서 뭘 어쩌고 싶은 건데? 나 때릴래? 아님 이 아저씨?

**은철**   (주먹을 꽉 쥐며) 그만 아가리 닥치라!

**효민**   (은철에게 더욱 더 다가가며) 그래 때려봐! 기분 풀릴 것 같으면 나나 아저씨나 실컷 때려보라고!!

은철, 손을 높이 올린다.

**효민**   그래 어서!!

효민을 한참 노려보다 손을 내리고 뒤돌아 소리를 지르며 통곡하는 은철, 한참을 그러다 잦아든다. 사이.

**영욱**   (가까이 다가와서) 미안하네. 미안해.

**은철**   꼴 보기 싫어요. 저리 가요.

**효민**   잘 참았어. 아저씨.

**은철**   닥치라.

**효민**   말 좀 이쁘게 했으면 좋겠다. 아저씨.

**은철**   그거 아저씨라고 좀 부르지 말라.

| 효민 | 아 네 공화국 총각 전사님. |
|---|---|
| 은철 | 이 애미나이가. |
| 효민 | 힘내. 우리 엄마도 북에 아무도 없는 외톨이야. 그래도 지금은 이쁜 나도 낳고 잘 살고 있어. |
| 은철 | 곱긴. 고운 사람 다 죽었어? |
| 효민 | (병을 높이 든다) 죽을래? |
| 영욱 | (놀라며) 학생, 학생… 고건 제발 내려놓고… |
| 은철 | (병을 잡고 내리며) 또라이동무, 진정하라우 |
| 효민 | 한번만 더 그래봐라. |

은철, 병을 가리킨다.

| 은철 | 이거 정말 외할아바이 맞습네까? |
|---|---|
| 영욱 | 맞지. |
| 은철 | 이건 내래 가지고 가갔시오. |
| 영욱 | 가져간다고? |
| 은철 | 할아바이 집으로 돌아가야디요. (사이) 고향 땅에 뿌려주겠단 말입니다. |
| 영욱 | 정말인가? |
| 은철 | 계속 이 병 안에 있게 할 순 없지 않습까. |
| 영욱 | (울먹거리며) 고맙네. 정말 고맙네. 정말 미안하고 정말 고맙네. |
| 은철 | (병을 보며) 그래도 외할아바이 아닙니까? 기억도 안 나지만. |
| 영욱 | 정말 기뻐하실 거야. 외손자를 만나서. |

**효민**   잘했어. 아저씨

**은철**   (효민을 보며) 아저씨 아니라니까.

**효민**   그럼 오빠.

**은철**   뭐?

**효민**   착한 일 했으니까 내가 오빠라 불러준다.

**은철**   오빠?

**효민**   그래. 두 사람한테 아저씨, 아저씨 하니까 헷갈려. 자세히
         뜯어보니 이십대 맞는 거 같기도 하고.

**은철**   이 애미나이가.

**효민**   싫어?

**은철**   요랬다 저랬다 하면서?

**효민**   그럼 다시 아저씨라 불러줄까?

**은철**   오빠가 듣기 좋구만!

**효민**   단순하기는…

**은철**   뭐라? 이 애미나이가…

**효민**   좋지? 오빠라 불러주니?

**은철**   (병을 들며) 시끄럽다. 가자.

**영욱**   은철군 (총을 건내주며) 이거 무겁네.


영욱으로부터 총을 받아든 은철. 그들은 다시 강둑을 따라 걷고
또 걷는다.

# 제4장. 어둑해지는 숲속

**효민**　(벌러덩 누우며) 아 더 이상 못 가겠다. 나 포기 포기.

**은철**　동무. 포기하지 마라. 얼마 안 남았어.

**효민**　4시간 전부터 얼마 안 남았다고 했거든? 길 못 찾지?

**은철**　아니야. 한두 시간만 걸으면 나올 것도 같애.

**효민**　그러다 서울까지 걷겠다. 전사 오빠 서울 가자.

**은철**　도랐니? 내래 왜 그 괴뢰도당들 득실득실한 서울에 가?

**효민**　엄마 찾으러 가는 거지. 엄마 안 찾고 싶어?

**은철**　내래 우리 사회주의 공화국이 세상에서 제일 좋다.

**효민**　말로만 엄마 엄마하면서 정작 가지도 못할 거면서.

**영욱**　아이고, 배고프네. 뭐 먹을 거 없을까? 초꼬레뜨나 아까
　　　　갈비도 있댔잖아

**효민**　정말 갈비야… 초콜렛도 다 떨어지고. 아까 과자도 다 먹
　　　　었고.

**영욱**　그럼 내 요 앞 강가에 가서 뭐 먹을 거 있나 둘러보고 올
　　　　테니, 둘은 좀 쉬고 있어.

**은철**　내래 가갔시오.

**영욱**　아니다. 다리도 성치 않은데, 내가 다녀오지 뭐.


영욱, 퇴장한다.

사이.

**효민**  다리는 괜찮아?

**은철**  일 없다.

**효민**  전사 오빠 엄마 많이 보고 싶지?

**은철**  두말하면 잔소리지.

**효민**  나라도 이십 년 넘게 헤어져 있으면 보고 싶어서 미쳤을 거 같네.

**은철**  애미나이 느네 엄마는 언제 남조선으로 갔어?

**효민**  글쎄… 그런 얘기는 통 안 해줘서… 내 나이보다는 많을 테니 이십 년? 이십오 년?

**은철**  느네 엄마… 고향에 가고 싶어 하니?

**효민**  내색은 안 하지만 가고 싶어 하지. 그래도 여기 가정이 있으니 쉽게 갈 수 있겠어?

**은철**  느이 엄마 고향에서는 누가 기다리고 있니?

**효민**  글쎄… 그것도 입 딱 닫고 얘기 안 해줘. 그냥 내 고향, 내 가족 그러지. 웃긴 게 뭔 줄 알아? 울 엄마 고향 생각날 때마다 부르는 노래가 있는데 그게 뭔 줄 알아? 감수광이야. 웃기지?

**은철**  감수광? 감수광이 누군데?

**효민**  제주도 가수 혜은이가 부른 제주도 사투리 노래야. 아니 고향 노래도 아니고 북한 사투리도 아닌데 그 노래를 부르다니 이해가 안 가.

**은철**   기래? 신기하네.

**효민**   내가 추측하기로는 가족 중에 누가 혜은이랑 닮지 않았을
           까 하는데…

**은철**   기런데 감수광이 누구야?

**효민**   감수광? 감수광 몰라? '

**은철**   그, 내가 어떻게 아니?

**효민**   어리석은 백성을 어여삐 여겨 내가 지식을 선사하지. (가방
           에서 블루투스 마이크를 꺼내며) 여행의 필수품 블루투스 마이
           크~! (폰을 만지작거리며) 음악 큐~!


노래를 틀으니 '감수광'이 나온다. 효민, 감수광에 맞춰서 흔들흔
들 춤을 추며 노래를 부른다. 감수광 노래가 채 끝나기 전에 뒤이
어 댄스곡이 나온다.


**효민**   뭐야? 에라 모르겠다.


효민 댄스곡에 맞춰서 춤을 춘다. 강가에 나간 영욱 등장하더니
같이 춘다. 비록 어정쩡하지만.


**효민**   어얼~~~ 아저씨~! 이 노래 아는구나?

**영욱**   많이 들어봤지. 일본에서도 한류가 꽉 잡고있오.

**효민**   아이고 힘들다. 어쩌다가 춤까지 보여줬네. 자 그럼 이제
           전사 오빠 차례야.

| 은철 | 뭐? 차례? 내가 왜? |
|---|---|
| 효민 | 아니 내가 했으니 답을 해야지. 안 그럼 내가 얼마나 뻘쭘 하겠어? |
| 은철 | 미쳤어. 내래 아무것도 못해. |
| 효민 | 나 창피주지 말고 빨리 아무거나 해. |
| 영욱 | 기래. 아무거나 해봐. |
| 은철 | 미치겠구만. |
| 효민 | 빨리 해라. |
| 은철 | 이 애미나이가… |
| 효민 | (박수치면서) 또라이! 또라이! |
| 은철 | 그만 하라우. 할게. |
| 효민 | 박수~~~~~ |

은철, 한참 고민하다. 노래를 시작한다.

| 은철 | 똥글똥글 왕감자 대홍단 감자~ (중략) 못 다 먹겠죠. |

진지하게 율동하면서 대홍단 감자를 부르는 은철. 그 모습을 황당
하게 지켜보는 효민과 영욱.
끝까지 다 마친 은철. 상기된 얼굴로 두 사람을 바라본다.

| 효민 | 못 다 듣겠다. 자 갑시다. (하고 일어선다) |
|---|---|
| 영욱 | (주머니에서 감자를 꺼내며) 어…? 이거 감자는…? |

| 효민 | 쟤 감자 좋아하니까 줘버려. |
|---|---|
| 은철 | 거 봐 내가 안 한다고 했잖니! |
| 영욱 | 귀여웠어. (혹은: 까와이데스네) |
| 효민 | 죽빵을 부르는 귀여움이었지. |
| 은철 | 죽빵이 뭐야? |
| 효민 | 어 맛있는 빵. |
| 은철 | 기래? 얼마나 맛있는 빵이야? |
| 효민 | 나중에 서울 오면 내가 맛 보여 줄게. 죽!빵! 아우 지금 주고 싶다! |
| 은철 | 애미나이! 먹을 거 없다면서 혼자 빵 가지고 있었어? |
| 효민 | 아우~~~ 죽빵!! 먹이고 싶다. |
| 영욱 | 학생… 나도 빵 좀… |
| 효민 | 아우~~~~~! |

궁시렁거리며 효민 출발하고 두 사람 빵을 달라고 하며 따라간다.

결국 가다 죽빵들을 먹었을까…?

# 제5장. 압록강대교가 저 멀리 보이는 강둑

한참을 걷다 은철이 입을 연다.

**은철**  맞네. 조기! 우의교에 다 왔습니다. (손가락으로 가리키며) 저 쪽이 단동이고 이쪽이 신의주.

**영욱**  어 기래! 단동대교네!

**은철**  단동대교 아임다. 압록강대교란 말임다.

**효민**  그래~ 아저씨가 잘못했어. 우리나라 사람이 왜 단동대교 라는 말을 써. 압록강대교지.

**은철**  저기 새로 만들어진 다리 보이십네까?

**영욱**  기래 보이는구만

**효민**  멋진데? (폰을 든다)

**은철**  저게 우리 공화국이랑 중국이 함께 만든 신압록강대교임 네다.

**영욱**  조중경협의 상징이구만.

**효민**  서해대교 닮았네.

**은철**  서해대교는 뭐야?

**영욱**  서울이랑 목포랑 잇는 서해안고속도로 가운데 있는 다리 인데… (주절주절)

**은철**  목포가 남조선의 끝이지요?

| 효민 | 남조선의 끝은 제주도야. |
|---|---|
| 은철 | (효민을 보며) 제주도는 섬 아니야? 다리가 놓여있는 기야? |
| 효민 | (폰을 집어넣으며) 다리는 없어. 비행기로 가야해. |
| 은철 | 온젠간 저 신압록강대교를 시작으로 쭉 뻗어나가 제주도까지 갔음 좋겠다야. |
| 효민 | 그럼 목포나 부산에서 제주도까지 다리를 놔야겠네. |
| 은철 | 내래 통일되면 제주도 가서 감귤농사 지을 끼야. (미소를 지으며) 제주도에 고운 여성 동무 만나서. |
| 효민 | 제주도 아가씨 이쁜 건 어찌 알고? |
| 은철 | 그거 소유 보면 몰라? |
| 효민 | (놀라며) 소유? 씨스타 소유? 소유를 어떻게 알아? |
| 은철 | (어이없다는 듯이) 알면 안 돼? 사실 내래 소유도 좋아하고 아이유도 좋아한다. 요새는 제니가 그렇게 좋다. |
| 효민 | (웃으며) 와! 완전 대박! 아무것도 모르는 것처럼 하면서 알 건 다 아네! |
| 은철 | 고까지만 알아. |
| 효민 | 오지구요 지리네요! |
| 은철 | 아까부터 몬 말이야, 오지 지리? |
| 효민 | 그건 모르는구나. 알아들었음 나 뒤로 넘어갔을 거야! |
| 은철 | 이 애미나이 보래? |
| 효민 | 본다고? (얼굴을 들이대며) 자 보라우. 이쁜 얼굴은 알아가지고 |
| 은철 | 돌았구만… 돌았으면 병원 좀 가보라. 자! 이제 가라요! |

(손으로 가리키며) 저기로 건너가야 합네다.

**영욱**    은철군…

**은철**    은철이라 부르라요.

**영욱**    어 기래, 은철아.

**은철**    잘 사시라요. 살아 생전 볼 수 있을진 모르겠지만…

**효민**    뭐야~! 통일되어서 빨리 만날 생각을 해야지.

**은철**    통일이 그리 쉽게 되니?

**영욱**    (손가락으로 가리키며) 보라! 북이랑 중국이랑 협력해서 저렇게 다리를 놓는 것처럼 북남이 뭔가를 같이 하다보면 통일은 금방 이루어질 것이야.

**효민**    (은철에게 다가가며) 블랙핑크가 신의주공연 할 때 보러 올 거지?

**은철**    (씨익 웃으며) 말이라고 하니! 블랙핑크라면 만사 제껴두고 갈 끼야. 나의 제니를 봐야디!

**효민**    블랙핑크 신의주공연을 위해서라도 통일이 빨리 되어야겠네.

**은철**    기럼!


이때, 어디선가 소리가 들린다.


**세호**    (목소리로) 손들어! 날래 손들어!


다들, 긴장하며 손을 든다.

**세호**    (등장하며) 은철동지 아입니까?

**은철**    (놀란 듯) 어 세호 왔어?

**세호**    (총을 내리며) 어디 갔었시요? 지금 부대가 난리났습니다. 은
철동지 복귀 안하고 탈영했다고요.

**은철**    사고가 있어서 길치. 지금 복귀하는 중이었어.

**세호**    그쪽은 누굽니까?

**은철**    (영욱과 효민을 뒤로 숨기며) 어 관광객들이야.

**세호**    관광객? 관광객이 왜 여기 있습니까?

**은철**    어 길을 잃었다 하네?

**세호**    중국 관광객입니까? 어이 게이 워 칸 치엔정.

**효민**    무슨 소리야?

**세호**    (총을 들이대며) 조선말을 하네? 누구야?

**영욱**    저… 동무, 우리는…

**세호**    통행증 보여주시요.

**은철**    사실, (사이) 남조선사람들이야.

**세호**    (더욱 긴장하며) 남조선 사람이 여긴 왜 있습니까? 간첩이야?

**은철**    간첩 아이야. 관광객이야 관광객! 단동에 관광왔다가 길
을 잘못 들었어. (효민과 영욱을 슬금슬금 민다)

**세호**    일단 데리고 가 조사해야겠습니다.

**은철**    아이야. 이 사람들 저쪽으로 보내줘야 해!

**세호**    (총으로 위협하며) 잠깐만요. 이제부터 내가 판단하겠소!

**효민**    (무서운 듯 은철의 옷을 잡으며) 뭐야 이게…

**세호**    닥쳐!

| 은철 | 세호동무, 못 본 척 좀 해주라우. 여기 이 아저씨가 사실 내 외삼촌이야. |
|------|------|
| 세호 | 후라이 까지 마십시오. 지금 나를 뭘로 봅니까? |
| 은철 | 아니야. 내 말 믿어달라우. |
| 세호 | 이 상황을 상부에 보고하겠습니다. 무슨 꿍꿍이로 간첩이랑 내통했는지 모르지만. |
| 은철 | 믿으라우! 간첩 아니야~! |
| 세호 | 못 믿갔습니다. 그건 가서 조사해보면 되지 않습니까? (두 사람에게 총을 겨누며) 자 그쪽 앞장서. |
| 은철 | (총을 들어 세호를 겨누며) 총 내리라! |
| 세호 | 은철동지… |
| 은철 | 빨리 총 내리라우! |
| 세호 | 미쳤습네까? |
| 은철 | (세호를 총으로 위협하며) 총 내려! 빨리 총 내려! |
| 세호 | 그 총에 총알 없는 거 내 모르는 줄 아나? (은철에게 다가간다) |

은철 세호의 다리를 향해 총을 발사한다. 세호 풀썩 쓰러진다.

| 은철 | (세호의 총을 주워 들고 겨누며) 누가 총알 없대? 안 넣은 거다. |
|------|------|
| 세호 | (고통스러워한다) 쌍간나새끼. 너 지금 공화국을 배반하는 거야. |
| 은철 | 내래 공화국을 배반하지 않아! 아무런 상관없는 사람을 돌려 보내주려고 하는 것뿐이야! |

| 세호 | 이런 반동! |
|---|---|
| 은철 | 이해해주라우! 동무한테 감정 있어서 이카는 기 아니야. |
| 세호 | 종간나새끼. 차라리 날 죽이고 가든가. |
| 효민 | 야! 이 바보야! |
| 은철 | (세호에게 총을 겨누며) 뭐하니! 두 사람 뭐해! 빨리 저쪽으로 헤엄쳐 건너라우! |
| 영욱 | 은철아 같이 가자. |
| 은철 | 아니야요! |
| 영욱 | 여기 계속 있으면 위험해! |
| 은철 | 일없시오. |
| 효민 | 또 일없대! |
| 은철 | 이 분위기에서 농담이 나와? 빨리 가라. |
| 세호 | (큰소리치며) 여기 반동 있다!!!! 사람 살리시오~~!!!! |

은철, 개머리판으로 세호를 때려서 기절시킨다.

| 영욱 | 은철아! |
|---|---|
| 은철 | 엄마 꼭 찾아서 이 얘기 전해주기요! |
| 효민 | 지금 미쳤어? (은철의 옷을 잡고 끌며) 우리 같이 가자. 응? 이러다가 큰일 나! |
| 은철 | 큰일? 기칸 거 없다! 내래 조국 안 떠나. (영욱한테) 엄마 꼭 찾아서 전해주라요. |
| 은철 | 많이 보고 싶다고. 삼촌 |

**영욱**    기래. 내 꼭 찾아서 은철이 니 얘기 할게. 오이오이 학생,
하야쿠, 하야쿠! (효민을 끌고 간다)

**효민**    (은철을 보며) 야 이 바보야!

**은철**    (큰 소리로) 빨리 가! 내 위험하게 할 참이니? 빨리 뛰라우
빨리!

**효민**    나중에 꼭 다시 만나! 또라이! 나 효민이야! 이효민! 까먹
으면 죽는다!

**은철**    기래! 내래 장은철이야! 꼭 만나자 애미나이!

**효민**    애미나이충! 너 다치면 가만 안 둔다!!

**은철**    저 애미나이 끝까지…

영욱과 효민 뛰기 시작한다. 그 모습을 물끄러미 쳐다보는 은철.

**은철**    차라리 만나지 말걸. 왜 만나가지고선… 앙칼진 애미나
이… 잠깐이지만 여동생 생겨서 좋았는데…

두 사람 모습이 완전히 사라지면 세호에게 다가가 자기 다리에 묶
여있는 스카프를 풀러 세호의 상처에 묶는다. 세호, 일어나서 흠칫
놀란다.

**은철**    일 없어? 미안하다. 자 나 끌고 가라우.

세호에게 총 내주는 은철. 세호 머뭇거리다가 총을 받고 개머리판

으로 은철을 가격한다.

**세호**     종간나새끼! 넌 이제 처단을 면치 못할 거다. (잡고 일으키며) 어서 가자우!

**은철**     (뒤돌아 소리친다) 다음에 만나면 진짜 내 동생 하자우!

**세호**     (발로 걷어찬다) 미친 새끼! 넌 이제 끝장이다!

**은철**     (쓰러졌다 천천히 일어나면서) 애미나이! 아! 리효민! 꼭 다시 만나자! 신의주 블랙핑크 콘서트에서!

터덜터덜 걸어가는 은철과 그를 뒤에서 재촉하며 끌고 가는 세호.

# 제6장. 압록강대교 단동쪽 다리 위

처음 장면처럼 엄마랑 통화하는 효민.

**효민**  대박! 엄마 못 믿겠지? 완전 영화였다니까? 암튼 무서웠
지만 나름 재미있었어. 농담 아니야! 아니 꿈도 아니라니
까? 나 낮잠 안 잤거든? 왜 못 믿어??! 짜증~ (핸드폰에 있
는 사진을 보다가) 엄마 근데… 엄마 이름 오정화 그거 맞아?
맞다고? 응 아니… 혹시 북한에 있을 때 다른 이름으로 불
리거나 그러지 않았을까 해서… 어? 어? 다르다고? 한국
와서 개명했다고? 뭐야 정말… 그럼 예전 이름이 뭐였는
데? 뭐? 오영순? (명해진다) 아니 그냥… 그냥~ 이따 만나서
얘기해.

효민, 전화를 끊고 한동안 멍하니 있다 폰에 있는 동영상을 튼다.

**효민**  켜진다! 아싸! 여기는 조선민주주의인민공화국입네다
**은철**  (효민의 폰 가까이 다가간다) 지금 뭐하는 기야?
**효민**  아이 뭐야! 왜 끼어들어!
**은철**  뭐하는 기냐 묻잖아?
**효민**  브이로그 찍는데 얼굴 들이밀면 어떡해?

**효민**  (동영상을 보며) 옆에 있었는데도 몰랐다니… 멍청이.


효민, 북한 땅을 보며 크게 외친다.


**효민**  야! 너! 장은철! 아프지 말고 잘 지내야 돼! 아프면 내가 가만 안 둘 거야! 통일되면… 엄마랑 같이 꼭 만나자! 바보 오빠야… 바보 오빠… 바보 오빠…


이때, 꿈처럼 환상처럼 사복 차림의 은철, 등장한다.


**은철**  (효민에게 다가가며) 애미나이 여기서 뭐해? 의주에 블랙핑크 콘서트 안 갈 거야? 나의 제니가 기다린단 말이야.

**효민**  (놀라며) 뭐 뭐야? 니가 왜 여기서 나와?

**은철**  엄마가 밥 먹으라고 부르니까 빨리 먹고 콘서트 가자우. 오라바이 오늘 어렵게 연차 낸 거 모르간?

**효민**  뭔 소리야…

**은철**  아직 잠도 안 깼어? 거 물 한 바가지 부어야 정신차리간? 시간 없어 빨리 가자~!

**효민**  어? 웅! 그래! (은철에게 팔을 벌리며) 반가워 오라방!

**은철**  (당황하며 제지하며) 요 간나… 미쳤나? 아파?? 무슨 일이야?

**효민**  일? 없시오~! 오라방~!


은철 도망가고 효민 졸졸 따라간다.


66

**은철**    엄마~ 이 애미나이 이상해~ 엄마~~~!!!

남매 퇴장.

대단원의 끝.

한국 희곡 명작선 119

## 없시요

초판 1쇄 인쇄일    2022년 11월  1일
초판 1쇄 발행일    2022년 11월  7일

지 은 이    강제권
만 든 이    이정옥
만 든 곳    평민사
            서울시 은평구 수색로 340 〈202호〉
            전화 : 02) 375-8571 / 팩스 : 02) 375-8573
            http://blog.naver.com/pyung1976
            이메일  pyung1976@naver.com
등록번호    25100-2015-000102호
ISBN        978-89-7115-060-3  04800
            978-89-7115-663-6  (set)
정    가    7,000원

이 책은 사단법인 한국극작가협회가 한국문화예술위원회의 2022년 제5회 극작엑스포
지원금을 받아 출간하였습니다.